MONSIEUR TOC-TOC

VIGNETTES

PAR LORENTZ FROELICH

TEXTE PAR P.-J. STAHL

GRAVURES PAR MATTHIS

BIBLIOTHÈQUE
D'ÉDUCATION ET DE RÉCRÉATION
J. HETZEL ET Cie, 18, RUE JACOB
PARIS

LES VOYAGES EXTRAORDINAIRES

JULES VERNE

DE LA TERRE A LA LUNE

TRAJET DIRECT

EN 97 HEURES 20 MINUTES

ILLUSTRATIONS

PAR

DE MONTAUT

2 FR. 50

GRAVURES

PAR

PANNEMAKER

2 FR. 50

BIBLIOTHÈQUE

D'ÉDUCATION ET DE RÉCRÉATION

J. HETZEL, ÉDITEUR

18, RUE JACOB, PARIS

MONSIEUR TOC-TOC

IMPRIMERIE GÉNÉRALE DE CH. LAHURE, RUE DE FLEURUS, 9, A PARIS

MONSIEUR TOC-TOC

VIGNETTES

PAR LORENTZ FROELICH

TEXTE PAR P.-J. STAHL

GRAVURES PAR MATTHIS

BIBLIOTHÈQUE

D'ÉDUCATION ET DE RÉCRÉATION

J. HETZEL ET Cie, 18, RUE JACOB

PARIS

MONSIEUR TOC-TOC

I

Monsieur Toc-Toc n'a pas l'air satisfait. Il s'est fâché avec Minet, et Monsieur Minet a laissé Monsieur Toc-Toc tout seul en tête-à-tête avec Monsieur Polichinelle. Monsieur Toc-Toc a besoin que quelqu'un le console, et Monsieur Polichinelle ne lui dit rien. Il est bête Monsieur Polichinelle, mais je crois que Monsieur Toc-Toc commence à avoir une idée.

II

L'idée qu'il a, c'est d'aller dire à son papa l'affaire qu'il a eue avec Monsieur Minet. D'abord, les papas doivent tout savoir; ensuite, son papa le consolera, tandis que ce sans-cœur de Polichinelle.... Mais qu'est-ce qu'il fait donc le papa de Monsieur Toc-Toc? Monsieur Toc-Toc s'est annoncé, il a dit à son papa : « C'est Toc-Toc, » et son papa ne s'est seulement pas retourné. Ceci n'est pas bien.

III

Monsieur Toc-Toc est entré tout à fait dans le cabinet de son papa, et Polichinelle, bien à regret, l'a suivi. Le papa de Monsieur Toc-Toc est si occupé à chercher je ne sais quoi dans sa grande armoire, qu'on croirait qu'il ne sait pas seulement que son Toc-Toc existe.

IV

Monsieur Toc-Toc n'est pas content de l'inattention de son papa. Il se dit que ce n'est pas poli de ne pas prendre garde aux personnes. Il a jeté par terre Monsieur Polichinelle — qui ne lui sert à rien — et il attend avec impatience que son papa daigne enfin s'apercevoir que son Toc-Toc est là ! !

V

C'est bien heureux! A la fin son papa s'est décidé à regarder Monsieur Toc-Toc. Monsieur Toc-Toc, qui avait jusque-là contenu ses sentiments, juge que, puisque son papa a enfin daigné jeter les yeux sur lui, le moment est venu de les manifester clairement. Il se met donc à gémir de toutes ses forces.

« Qu'est-ce que tu as? » lui dit son papa. — « C'est Monsieur Minet! » s'écrie Toc-Toc en sanglotant.

VI

Voyant que l'affaire est sérieuse, le papa de Monsieur Toc-Toc abandonne la recherche de ses papiers. Il se retourne tout à fait et demande à son Toc-Toc ce que Monsieur Minet a bien pu lui faire pour le mettre dans un si grand désespoir. « Il a fait comme ça, dit Monsieur Toc-Toc. Il a dit : ouich! pchit! ouicht! pchitt! à Toc-Toc. — Il a craché! Il a juré!!! »

VII

« Dis-moi bien tout, mais, là, tout, tout! dit le papa. Pourquoi Minet a-t-il juré? qu'est-ce que Toc-Toc a fait à ce pauvre Minet pour le mettre en colère? — Rien, rien! dit Monsieur Toc-Toc. Papa ne doit pas dire : « Pauvre Minet! » Minet est très-méchant! Minet voulait sortir, Toc-Toc voulait le faire rester. Toc-Toc a gardé Minet par la queue.... »

VIII

Le papa comprend. L'affaire est grave, mais il promet de ne rien négliger pour que la paix se rétablisse entre Monsieur Toc-Toc et Monsieur Minet. — Monsieur Toc-Toc ne semblant pas, malgré ces bonnes paroles, tout à fait consolé, son papa voit qu'il faut recourir aux grands moyens; il cherche bien vite un morceau de sucre de pomme dans son tiroir.

IX

Voilà le grand bâton de sucre de pomme! il est très-gros; c'est comme un bâton de sucre de pomme de Maréchal de France. Le papa de Toc-Toc va en couper un morceau pour Monsieur Toc-Toc qui ne pourrait jamais tout manger. Monsieur Toc-Toc suit cette opération avec beaucoup d'intérêt. Il ne paraît plus penser à sa brouille avec Monsieur Minet.

X

1° Le gros morceau de sucre de pomme est dans la bouche de Monsieur Toc-Toc. Cela lui fait une très-grosse joue à Monsieur Toc-Toc, mais Monsieur Toc-Toc ne s'en plaint pas. — 2° Cependant le sucre de pomme fond très-vite, et le contentement de Monsieur Toc-Toc me paraît fondre dans la même proportion que fond le sucre de pomme. — 3° Le morceau de sucre de pomme a fondu tout à fait. Monsieur Toc-Toc redevient sérieux, il me semble qu'il recommence à penser au mauvais caractère de Monsieur Minet.

XI

Le papa de Monsieur Toc-Toc a bien vu ça, et comme il a besoin de continuer ses recherches dans ses papiers, il a donné à son Toc-Toc un second morceau de sucre de pomme, qu'il tenait en réserve pour le cas où le premier n'aurait pas opéré la cure complète de Monsieur Toc-Toc. Monsieur Toc-Toc, occupé de nouveau, va regarder les passants par la fenêtre.

XII

Le papa de Monsieur Toc-Toc ayant été bien gentil, Toc-Toc, pour l'en récompenser, a voulu l'aider à chercher le papier qu'il avait tant de peine à trouver. A eux deux cela va aller. D'abord, quand Monsieur Toc-Toc se mêle de quelque chose, cela va toujours très-bien....

XIII

Le papa de Monsieur Toc-Toc me fait l'effet de perdre patience : « Où est donc ce maudit papier? oui, où est-il? » — « Je ne sais pas, » dit Monsieur Toc-Toc, très-étonné de n'avoir pas été plus heureux dans ses recherches. — Le papa de Toc-Toc a l'air très-découragé et même très-fâché.

XIV

Monsieur Toc-Toc désirant faire à son tour quelque chose pour consoler son papa, prend un grand parti, il tire de sa bouche le petit morceau de sucre de pomme qui n'était pas encore tout à fait fondu, et en fait généreusement hommage à son papa.

XV

Le papa de Toc-Toc ayant refusé ce sacrifice, Monsieur Toc-Toc va chercher sur le bureau un morceau de sucre tout neuf pour l'offrir à son papa. (Il y en aura peut-être un à côté qui sera encore pour Toc-Toc.)

XVI

Papa est très-content d'avoir le morceau de sucre qui n'a pas encore servi, mais malgré tout cela je crois qu'il pense encore, sans en rien dire, à son papier qu'il n'a pu retrouver. Il faut que ce soit un papier bien important.

XVII

Pendant que papa, monté sur une chaise, cherche son papier dans une autre partie de l'armoire, Monsieur Toc-Toc, sur un papier qu'il a trouvé par terre, entreprend de faire le tableau de Monsieur Minet, au moment où Monsieur Minet a juré.

XVIII

Je crois que Monsieur Toc-Toc n'est pas mécontent
de son tableau.

XIX

Toc-Toc, ayant réussi, voudrait faire maintenant le tableau de Monsieur Minet puni de sa méchanceté. Voilà justement un autre papier. Il demande à son papa s'il peut faire le second tableau sur le second papier.

Quelle surprise! Ce second papier.... c'est le papier que son papa cherchait depuis si longtemps, sans le trouver!!!!

XX

Et comme c'est Monsieur Toc-Toc qui l'a trouvé, son papa donne à son Toc-Toc, pour le récompenser de son adresse, un grand sucre de pomme tout entier.
Mais il est convenu que ce sera une provision pour plusieurs jours.

XXI

Monsieur Toc-Toc ayant témoigné le désir que sa maman sache comme il a été habile, son papa le porte en triomphe dans la chambre de sa maman. Maman est très-fière de l'adresse de son bon petit Toc-Toc.

XXII

Mais voilà! Monsieur Minet était justement chez sa maman.... Grâce à l'intervention de cette chère maman, un traité de paix est conclu entre les deux parties belligérantes — en deux articles :

« Art. 1er. Monsieur Toc-Toc ne tirera plus la queue de Monsieur Minet. — Art. 2e et dernier. Monsieur Minet ne jurera plus.

XXIII

Les deux ennemis sont tout de suite redevenus très-bons amis. Monsieur Toc-Toc fait jouer Monsieur Minet. — C'est très-amusant. — Il est drôle Monsieur Minet quand il joue.

XXIV

Après la partie, Monsieur Minet témoigne sa reconnaissance à son ami Toc-Toc. Il ne jure plus, il fait au contraire très-bien ronron en embrassant Monsieur Toc-Toc. Monsieur Toc-Toc aime mieux cela. Ce ronron prouve qu'entre les deux amis la paix sera éternelle, au moins jusqu'à demain.

P.-J. STAHL.

IMPRIMERIE GÉNÉRALE DE CH. LAHURE, RUE DE FLEURUS, 9, A PARIS.

PARIS. — J. CLAYE, IMPRIMEUR, 7, RUE SAINT-BENOIT — [193]

J. HETZEL & CIE, 18, RUE JACOB

Bibliothèque illustrée de Mlle Lili et de son cousin Lucien

ALBUMS EN 7, 8, 9 & 12 COULEURS

	cart.	rel.
LE MOULIN A PAROLES. Album de 8 planches par FRŒLICH, texte par P.-J. STAHL.	1f 50c	3f »
MONSIEUR CÉSAR. Album de 12 planches par FRŒLICH, texte par P.-J. STAHL.	1 50	3 »
HECTOR LE FANFARON. Album de 8 planches par FRŒLICH, texte par P.-J. STAHL.	1 50	3 »
JEAN LE HARGNEUX. Album de 8 planches par FRŒLICH, texte par P.-J. STAHL.	2 »	3 50
HISTOIRE D'UN AQUARIUM ET DE SES HABITANTS, par ERNEST VAN BRUYSSEL, dessins imprimés en douze couleurs	6 »	8 »

PREMIER AGE. — JEUNES FILLES — JEUNES GARÇONS

	cart.	rel.
HECTOR LE FANFARON, texte par P.-J. STAHL. Album illustré par FRŒLICH	1f	2 50
JEAN LE HARGNEUX, texte par P.-J. STAHL. Album illustré par FRŒLICH	1	2 50
ZOÉ LA VANITEUSE, texte par P.-J. STAHL. Album illustré par FRŒLICH	1	2 50
MADEMOISELLE PIMBÊCHE, texte par P.-J. STAHL. Album de 16 dessins par FRŒLICH	2	3 50
LE ROI DES MARMOTTES, texte par P.-J. STAHL. Album de 17 dessins par FRŒLICH	2	3 50
ALPHABET DE Mlle LILI. Album de 30 dessins par FRŒLICH, imprimé en rouge et noir par SILBERMANN	3	4 50
L'ARITHMÉTIQUE DE Mlle LILI. Album de 38 dessins par FRŒLICH	3	4 50
LA JOURNÉE DE Mlle LILI, texte par P.-J. STAHL, 22 vignettes par FRŒLICH	3	4 50
Mlle LILI A LA CAMPAGNE, texte par P.-J. STAHL. Album de 27 dessins par FRŒLICH	3	4 50
LE PETIT TYRAN, texte par P.-J. STAHL. Album de 24 dessins par MARIE	3	4 50
MONSIEUR TOC-TOC, texte par P.-J. STAHL. Album de 26 dessins par FRŒLICH	3	4 50
CAPORAL, le CHIEN DU RÉGIMENT. Album de 26 dessins par LANÇON	3	4 50
LES PREMIÈRES ARMES DE Mlle LILI, texte par P.-J. STAHL. Album de 25 dessins par FRŒLICH	3	4 50
LE PETIT DIABLE, texte par P.-J. STAHL. Album de 23 dessins par FRŒLICH	3	4 50
LES PETITES AMIES, texte par P.-J. STAHL. Album de 21 dessins par PLETSCH	3	4 50
L'HISTOIRE D'UN PAIN ROND. Album illustré de 34 dessins par FROMENT	3	4 50
PIERROT A L'ÉCOLE. Album illustré de 33 dessins de G. FATH	3	4 50
L'HISTOIRE DU GRAND ROI COCOMBRINOS, silhouettes enfantines par MICK NOEL	3	4 50
BÉBÉ A LA MAISON. Album illustré par FRŒLICH	4	5 50
BÉBÉ AUX BAINS DE MER. Album illustré par FRŒLICH	4	5 50
VOYAGE DE Mlle LILI AUTOUR DU MONDE, par P.-J. STAHL. Album de 49 dessins par FRŒLICH	5	7 »
VOYAGES DE DÉCOUVERTES DE Mlle LILI, par P.-J. STAHL. Album de 49 dessins par FRŒLICH	5	7 »
LE ROYAUME DES GOURMANDS, par P.-J. STAHL. Album de 49 dessins en trois couleurs, par FRŒLICH	5	7 »
LA BELLE PETITE PRINCESSE ILSÉE, conte allemand, par P.-J. STAHL, dessins par FROMENT, encadrements rouges	5	7 »
AVENTURES SURPRENANTES DE TROIS VIEUX MARINS, par JAMES GREENWOOD, dessins par ERNEST GRISET. Album in-4°	5	7 »

MAGASIN D'ÉDUCATION

JEAN MACÉ — P.-J. STAHL — JULES VERNE

Collection complète : 10 beaux volumes grand in-8°

Brochés, 60 fr. — Cart. dorés, 80 fr.

Cette précieuse collection contient la valeur de 50 volumes, 2000 dessins par nos artistes les plus célèbres, et 200 contes, récits, voyages, articles de science ou de littérature, par nos écrivains les plus autorisés. C'est la seule œuvre collective, à l'usage de la jeunesse, qui ait été couronnée par l'Académie française.

Chaque volume séparément : Broché, 6 fr.— Cart. doré, 8 fr.

IMPRIMERIE GÉNÉRALE DE CH. LAHURE, RUE DE FLEURUS, 9, A PARIS